JN075547

2012.06.18

顔　半犬

ころんだ涙

キャンディーはバード視

雪十字と鳥

体　音

とりの前世と

とりの現世と未来

星　一人

短調の春影

SeReine Junco Kobayashi

文芸社

目　次

1　心に託した日

枯渇している印象にふいに遭遇して
ほどなくイリュージョンがはめこまれた
砕石場の光が鞭撻^{べんたつ}
うつつ水面よ
寝姿ではないか
顔料は陵線を山城に溶かす
疾風は海底温度でハープと連動する
印象は逆境が追憶となる
匂い、むしろ追い風となる

2021.5.3

2　防ぐには

氷で切開してみて
初見の笑い、迸り
滅多に笑えねど夢日の実相よ
木彫の風貌に表出しきれなかった

願望の歯車を風車に返却す
虹の先端は、やはり、口から氷面に向け
花押を刻んでいる
言の葉のごとく

2021.5.5

3　キャンディード

山肌は広く狭い
道筋を思い描く
時折、心が折れた年輪や
人としての命のしずくをしたため

花粉を飛翔させては
手紙の手相を調査する
あなたの鼻母音が声紋を開城する
ブチの入った白馬はオタマジャクシへ移行すれば
メロディメーカーの口切りに、なれば、なる

2021.5.1

4　ナチュレ

海面に尾翼の影が投影されていた
深層は根底に気付かないまま
氷河期にオーロラは類推して
人海の最低頂を乱反射したものだ

心の鈴なりは「最も高い塔の歌」を
口ずさむ、心のすさんだ人の心にとって
なぐさめの鎮魂曲となって
畑の土色に栄養素を注入する

2021.5.2

5 頭は働かせ足は休め

行為の支柱は理性と表象を下支えしている
かの君の眼光するどく
徳心は毒芽を押さえ込む
胚芽は「青の時代」に時計を反転させ

文字の漂流を筒の中でくい止める
書く意義は停電や漏電で消えない
不断の本の心に戻る
気運について

数奇なりに
言い分をころがす
分配は気配りを消しつつ
素数はシミュレーションし趨勢（すうせい）を
整数を、しかりつける

2021.5.2

6　周　囲

嘘は鼻から風化し
口から花々を遠近へ間に合わす
くゆらす、噴火としては
ちまたに分離し行間を埋葬するものだ

火花は溶岩 dôme de lave
いつも同時点の不公平
そのうち横すべりエレベーター
華やいだ脳地点へ
帰省すれば

2021.5.2

7　てんたん絵心を解明

意味そのままじゃ、つまらない
地底に目詰まりしては刃をとぐ
とくしんのいかぬ年表の類推値を

シャンティイ城のラピスラズリに
色彩の空想を
歩哨<ruby>歩哨<rt>ほしょう</rt></ruby>のポケット
内なる花景色は

板間層の年月を希釈する
解釈よ私をして
アヤメ色、ほんのりとクラヴサン
快音は形容を解脱する

2021.5.5

8 申し分ない日

申しわけないのは申し分のないと
快を分かつのか？　抉のつもり
「げきをとばすも」
どちらが正しいか民衆にただす
提示よ、激励ではない
しかし自己を鼓舞している
相違は慣れ過ぎた慣用
誤解のない用心は
確信への近道
それでも遠回りも良い日
在る日々の述懐は
消え去らない日々の糧
無効とならない生と死
期日前に登攀は推察して

2021.5.5

9 悲 嘆

邪魔が入るは仕事中の雑音
壁の軋轢^{あつれき}として
残像と残響は
防音のしくみを知りたい

暇人のすき間は集中力をそぐ
披瀝しては、わが心身に苦汁を示す
中原中也の名言「近所の奴らが、うるせいや」
京都にいたころか？
思えらく、へらない、イライラ
茨の椿

2021.5.5

10　目前の幻

何か自分が感じとる間際に勘違いしている
そうだ！　自由の根本についてだ
それは自由とは、場合によっては、重責となり
うがった思考の突撃を淡白な日への
源泉を潜る、頭は心の奥深く

手のひらに人脈の無さを実感する
堅実であっても、報われない
鳥の巣に生首の絵
血だって脇見して骨は目にくっきり浮上
転身のほどを確認しつくす

2021.5.8

11　白い起床

追い払う、不実な仕打ちを
このままではすまされぬ
陰険なハイエナ
宇宙に吸い込まれ
自滅し、地獄は待機している

歴代の諸悪の根元は
ここにきて、消尽し
カオスはほくそえむ
耳は満月に研ぎ澄まされ

2021.5.9

12　カルフール

暗さのカテゴリーを希望の交差点と見る
注解とは迷妄への、のめり込み方
度数は融通の悪い、かたくなな人へ

心残りとペーハーはカタルシス秘め
濃淡の海面にそよぐ風を追う
思案は一計を案じる人の投棄となれど

場面は波頭へ注入され
潮騒は落差のカルフールへ
クロワッサンしのばせて抑揚はうながされる

2021.5.8

13　死にいざない

時代錯誤が時差ぐらいですみそうだ
７時間フランスバロック
④二条城のころ　クレルモン・フェランに命の扉

②応仁の乱のころ　ルネサンスはフィレンツェ闘争
①金閣寺のころ　ルーアンに鐘の音もの悲し
③銀閣寺のころ　レオナルドはロワールの城

ないがしろにされないように
犠牲者へのオマージュを
惑わされぬ、用心への道
ビラ総市場は外題学問へのいざない

2021.5.8

14 条 件

神経に障った痛切のきわみよ
年月の結び目は歳時と季節を編む
見涯てぬ、さらに、否、もっと

妄執の追撃と準えて
わが鋭き反射は
うとましき外側の近接なる
防害に鏤められ

外なる害虫とウイルスに
音の害ならしめる差違との電磁波に
頭痛と眩暈のボーダーに沈下する

2021.5.9

15 困惑と repentir

宇宙体系も人体図に舞い戻る
その時が来た
来たるべくして
来訪する魂の逆光線と歩調を合流し

音諧へと前進し戒名へと沈魂する
悔恨の残り香は侮蔑すべき méprisable
対して尊厳は目に最後通牒を告げ

善悪の掌握は耳に口切りのメロディをそばだてて
転調に想へらく
ポリフォニーの波音よ高らかに

2021.5.10

16　終　局

光は心を避けがちで亀裂は人をさえぎらない
結論は栄達を沈下させ沈没する
不遜な、あろうことか arrogant
三段階に昇降して、淵に退く
地獄は心の中で意志を外す
異変は遅退とあるがままとなりうる
省略の度外視されぬ「罪と罰」

2021.5.11

17　マンドリン

マリンバを輪唱して
マリア様輪廻に降臨
同心円に街並そろう
区画ととのえ街を他界から呼び戻す
泉はリンドウの紫色
リンパは首を星に
パイプオルガンは首都をパリに回帰させる

2021.5.12

18　バロック

心の導火線に灯下でやすらぐ
人の声とオーボエの音しずくとなって
いつしか振動数は周波数として
類似性へと移りゆく観念に涙を溜る

残響も声楽こよなく一対をいさめてはいとおしむ
心配りクープランの
「新しいコンセール第３番ト短調」

2021.5.12

19 語らいよ5月迄こいでゆけ

エウ゚ロ゚ペ、ヨーロッパの文化の源流は
信仰の源から枝分かれし
詩の化石用語を音楽や絵画に彫る
思想持続し、つづきはつづる、レリーフ

「太陽の昇る天の極みから」
ニコラ・ド・グリニー（1672-1703）
31年間天空飛行して
シテ島のサント゚ロ゚ペに存在論の水深測る

2021.5.12

20　エンブレム

常套句をパサつかせた、とは
花をめでて尽く物憂げに沈み
月をめで、悩み抜かれた想いを顧みる
死角になった心の置き所を

「月下のラン」影の有無がヘルツを告ぐ
イディオムは典礼の内海深し
嵐と舟は方向性を埋葬する
瑣末な事象に雑多な反復をとらえ
不用心なスキを突かれ悪魔が充満する

2021.5.13

21 マニフェスト

脳がポイ捨てしたもの
それは、人生だ
捕獲されしダダイストでも
ダイスを転がせでも
大好きでも
ダダこねるでも
デモストライキでも
ディーモンのトリル（タルティーニ）
吐息はマニアのフェスティバル

2021.5.15

22 舟の人

こうして世の中は晦冥^{かいめい}をきたした
当然のむくいが裏道の枯凋を
愁嘆場が置き去りし場を
エビデンスはハサミ撃ちを

過ぎ越しのどんでんがえし下す
ああ夕暮れの回想録よ
ろくでなしに遭遇しない
音汚す
他己スミの不可
消滅の兆し
悪より滅菌

2021.5.15

23　他ならぬ私事

私は明るさと暗さの半減を熟知しているかどうか？
明暗を分けた？
そのつど思えばえして
分解された心よ分割して反映し
欲心は消去の元素を迸るままにせよ

背に腹をかえられないときは
裏声と分散しきれない心の素粒子に
思惑を馳せ、参考にならぬ日々のコンテ
苦悩は脳を超越する、みちることなく満ち欠けた
脳下垂体は帯を着想しつつ名月に充満し

2021.5.16

24　お帰りなさい心

死の形跡と生の証とどちらが
より真の理性を滅却しているか？
懐中の不可思議を急務とし
注視しているインターバルの内実海への流入
そこはかとなく

血管の虹は瞳孔に架け橋
巻き舌は迷走を誤解し招き寄せる
心の手中に帰宅するだけに

2021.5.20

25　モラルやオーダー

能力の過信と誤解は人を液状に巻く
長いものにも短絡にも悲観にして
主義主張するがままに謬見能力により

よろずの、寄りどころ命に寄港して
自身の心いき
よろい戸を口開けて、信念を五感で研ぐ

令や命は名の下に生け垣につたう
花たちを匂い立たせて心の寄りどころとする
口にはめこむ羽目となった吐息とを

2021.5.18

26　Le Mot と La Mort 一体をいとおしむ

脳が推しはかった
心理曲線を
知るは心、慈む
想い描くは歪曲の
鍛練したい評価
自己への内心と省察は
事物をとらえて
解放されない

音の無謬性よ思い出せ
行動の美学は強弱をつきあげ
メソッドの反動を記す

言葉と死は字体が似ている
死の似姿は
生の言葉一体をいとおしむ
すなわち詩のコンセール

2021.5.18

27　ズームイン

折り重なると人の重みは感じられるか？
魂の重々しき重奏は
音の景色を全身に
血の流れで心に送り届ける
灰色は血色を

拡張は地響し
音波は地球色に染まろう
行く末は託す
末期（まっご）の光色をプリズム音に

2021.5.19

28　心と口のアンチノミー

口は災いの元
脱臭しても抜き切れない
シミとなって記憶に留保される
ことのほか時判断に誤りを付加し、惑わす
自体の重さを転化し

卑怯な仮説を吹聴する
前列を倒木し
ドミノ倒しの迷惑を
最も貴重な責任感から
空気を抜く地球を抜き去る

2021.5.18

Ԓ|Ի·ԱԻ·ԱԻ·ԱՈԻ·ԱԻ·Ա|·Ա·Ա·Ա·Ա·Ա·Ա·Ա·Ա

ふりがな お名前		明治　大正 昭和　平成	年生　歳
ふりがな ご住所	□□□-□□□□	性別	男・女
お電話 番　号	（書籍ご注文の際に必要です）	ご職業	
E-mail			
ご購読雑誌（複数可）		ご購読新聞	新聞

最近読んでおもしろかった本や今後、とりあげてほしいテーマをお教えください。

ご自分の研究成果や経験、お考え等を出版してみたいというお気持ちはありますか。

ある　　ない　　内容・テーマ（　　　　　　　　　　　　　　　　　　　　）

現在完成した作品をお持ちですか。

ある　　ない　　ジャンル・原稿量（　　　　　　　　　　　　　　　　　　）

書　名							
お買上 書　店	都道 府県	市区 郡	書店名				書店
			ご購入日	年	月	日	

本書をどこでお知りになりましたか?
　1.書店店頭　2.知人にすすめられて　3.インターネット(サイト名　　　　　　　　)
　4.DMハガキ　5.広告、記事を見て(新聞、雑誌名　　　　　　　　　　　　　　　　)

上の質問に関連して、ご購入の決め手となったのは?
　1.タイトル　2.著者　3.内容　4.カバーデザイン　5.帯
　その他ご自由にお書きください。
　(　　　　　　　　　　　　　　　　　　　　　　　　　　　　　　　　　　　　　)

本書についてのご意見、ご感想をお聞かせください。
①内容について

②カバー、タイトル、帯について

29　自己としての他者

近くて遠い音のひょうきんさ距離を示す
僅差で間隔と銘打つ
人を他者に投げすてる
去るは追わじ心のとなりに

思いは根底に思念を潜在さす
しむけたと言っても誇張でない
ないがしろは築くわだかまり城を

なぜ個だと引きこもりで
多だと巣ごもりと言う？
星くずに点火したとき
あっと言い残すひもじそうな声に
充当するは当価でない
不当な当惑

2021.5.24

30　聖ジャンヌ・ダルク

羽根気高くはえたる止揚の壁
人が出入りするはトゥールーズの壁
物語は勝手に語り出す
オルレアンとルーアンの天使の翼よ
もぎとられ抑圧されし時代は降下し
降架されし追憶の不均律として
「涙の日」世界に埋葬され
アウフヘーベン昇天し
魂の日には天の梯子
地のはしくれ
意味つきとめたし
「天国の残滓」
とはあなたの

2021.5.30

31　インノセント

絶景かな
絶筆はいつかやってくる
苦しい日と死の燃焼が
不完全な生涯の

恨み音とならないよう
後悔しない芳香を
白日と音楽への
憧憬は詩を素描し
演奏してきた

あなたの声の瞳色を
詩として精神を捧げ
絵画にまごころを彩色し

2021.5.25

32　5ヶ条うちに

心の反作用でしか人を見ない
自閉の内側でしか文学を記せない
他に迎合してまで自己喪失しない
人に洗脳され、記憶喪失とならない
自身と自信を不当に扱わない
これら5ヶ条のないがしろ
防御の隣に自分が存在すべきだ
私が地球の錆に見入っていたとき
音の礎によって執拗な病苦が
解きほぐれた、楽の音にオマージュ

2021.5.19

33　消えない人

透明となって潜入してくる
脳波となってともにやってきては
私の血に話しかける
「ミゼレレ、ドミネ」

運命を連動してくる
人の光と天使の音を発光し
詩と死の指にとまる

十字架の涙を目の色に埋め
手相を魂色に仕上げる
無色の人の世を悲しむ

2021.5.19

34　ならわし

５ミリむこう側に世界が浮く
浮き足だっているのでない
生の扉にむかっては
匂いに合わせコンセール
後進していく

そうやっては自立の意識内と
自転の内外に闖入<rp>（</rp>ちんにゅう<rp>）</rp>してくる
ゆく年くる年
何より狂おしき日

常識の方が非常識の場合だってある
あろうことか内省は他者に
本心は自身を避ける

後進だから行進して目を瞠<rp>（</rp>みは<rp>）</rp>る
ああ信頼を素体と素顔の
影絵として頑張ろう

2021.5.20

35　ホロスコープ

星占い気になる
年中行事に日を捲る
目次は瞳孔をとざし
詩の壁に人への疎ましさと
支離滅裂はコンパスを滑走させる

卑劣な魔物はまもなく地獄にシフト
物音のかじり具合は甘言をなす

星座は地響し人をつまびく
比例は定立し反定立は曲線を下降させる
煙巻く幕引きよ、マントのすそに
声色をはめ込む

夢の内側に自己が見守り
星々の花開くまで
この想い出のひととき運命ないしは
線を引く
生命に絡めて

2021.5.23

36 自死を音楽家によって救われた私からの叙述

５・７・５
分身とうつしみよ影に現前
７・７は49日
学ぼう置き方地の果て迄
短歌から７・７
省略すると情念が欠落するだろうか？
否、むしろむき出しの情念をたんぱく質でコート
人の魂の最期の大頂点した秘めた核心
心を開眼すべく７・７祈り尽くし
眠っている間に芸術の香鍛練し続けた
夢のつづりをいざ死してもなだらかに開かん甦^{よみがえ}る
この思い出のひととき
運命に生命に絡んで線を引く

春を追記して夏に失走した馬の無念いずこの星座か
自我は非業を立ち切り、燃ゆる非我は心果てる
悔悟とどまれ生死の歌
音の一粒一粒はあなたなのです
あなたを忘却しないはわが特技である
形象を背負っている
記憶術と名残り日
後程への叙述

2023.4.5

37　何らかのとき

何らかの形で時には
支配されている
あろう事か殊勝な
それでいて圧迫感が
「あで楽だ死に枕
先天でパキラ
艶^{あで}れ無す」

血まなこになって
追想しつつある観念を
おびた在る人
庭送る人よ、黄色い花が咲く

春の花は３時間のとき
一生は春風の
探究と降り短調へ
おろさせし

2021.5.30

38　おとり

おとりになった小鳥
子鹿の迷路は京の川面
撮りおとした心の音をリモートは対似と

相似の還元へ渡り
苦楽アタラクシアも
らしからぬ音幽閉を手ほどき不信の戸
素手で除こう操り人

ソクラテスは自分考
リームは無理しない
スクラムはスクランブル
ウィはウィル
縷々なる意志

詩思の反骨
乱舞と降る鳥
ツリークリスマス
ファンファンチューリップ
「花咲ける騎士道」

2021.6.10

39　内に悲しみ

時期尚早の内海に
沈静と静止を
同時進行させる

コウノトリが悲しみを
伏せては極楽鳥に為る
ためては試しとて

おざなりに成人に為りし
心や意気込み在りし時

2021.6.1

40　改変劇

心おざなりにしな゚い
改変劇よ夜に師と゚れ
すがりてダダイスト
落とし蓋をも思い゚れ

論より証拠
心のわだかま゚り
轍を装飾すれど゚
天地の逆風を゚
シュールならしめ゚る
corridor 回廊をたがえた
「ル・ジット」のナイト
ノートルダムとナント大聖堂
心の修復は金閣寺の
5年とう扉の復活　Caprice
無為な死カプレカよカプリチュー　Capricieur
カピチュー　Capiteur

2021.6.12

41　レント

天井から顔を垂直視して
青春の言い分
分有したしかかの魂
何故自己のまどろみ

胸中ほのかに察し
予断と集合体のぬくもり
曙光の中身を
煙幕と交わす

「死とお前は結婚する
だけど自殺はまやかしだ」
レイモン・ラディゲに
止めてほしい

レクイエムは黄昏の
天寿全うしてからでも
遅くはない
レントより長く

2021.6.18

42　音　夢

睡眠を覆う夢また夢
夢うつつを弾き飛ばそう
耳鳴りも連弾も
聞き越えてうつつに潜入し

眼下にＶ字谷
浮上せし湖煙る
闇の一人歩道
氷壁を追跡して

求道を喪失すれど
祈りも森林で回折する
音楽のすだれ
追想のしたたり
Lacrimosa
すたれない真価

2021.6.23

43　死者の為の

ジャン・ジルの「レクイエム」
そしてカンプラ城の絶頂
巻き戻して時
ピエール・ド・ラ・リューとジョスカン・デ・プレ
オケヘムやギュスターヴ、コロア
ムリニエは戦国時代の匂い
リュリとシャルパンティエ双璧
タバールとブティエ眺めよ塔
モンドンヴィルとゴセック
ジルーストは王の最終回そよぐ
ベルリオーズとサン＝サーンス
フォーレからデュリュフレへ
近代は終末気分を叩く
死生観は生を想起す
スカルラッティとストラデルラ
ヨハネ祭は洗礼者を

2021.6.24

44　音巡り

電気は、いとまなく
心のあや引き起こす
歪曲の気遅れ
瞳孔よショコラの香りまとえ
夢しぐれの浜辺に眠り

仏の座、草花の胞子
作品は子宝
ハンス・ロット
魂の人と交替すれど
外界の失われし機微

天上と地上と地殻よ
変動なく三位一体
三連符は音様に
夢心を詩に点灯し

2021.6.25

45　真夜中の墓中賛歌

墓中賛歌
誰も思い出さない薄情と
自己滅却の儚さ
情念は黄昏に咲く影

急ぎ足は勇み足の爪弾く
心は弦楽をしらべ
四重の塔のぞき込め
高低は無感覚な解放

湖中の姿体はアジリタ
幽玄を音諧の側
明暗は水深で
逆転する魂と宇宙

相手は意識しないと
存在しない

2021.6.25

46 気嫌い

気嫌いとは、人と人を重ね並べ
結果、その重奏的結果
という以前の、よからぬ音仕事
しつらえて言う言説に

人回を回避せよと
人界へ移行しない
設置されえぬ人回帰と
葉に知覚せぬ視界とまる

日々の爪先よ雨にうそぶく
冬と夏は至上の羽音
よどむ暗室で呼気は
見抜くだろう

建物のほのかな
揺らめきよ心冷却し
滅却しつづけし

2021.7.1

47　カーテンコール

音無きしたたり
大河の奔走よしんば
霧氷の頭皮に
心折れし詩情

くつがえす決心に
薄情けの述懐
無の途上に抱懐
カーテンコールよ

無情さらなる喪失感

2021.7.5

48　夢先案内人

哲学の水を手じゃく
すくっていたら死に水
あふれた水難
入江の払暁

推量はナルシス・ノワール
水深より白日夢
トランスよ魂忘我
無窮の居心地

圧力は目線に
空虚を投影し
音楽の水線を
垂線に拡張させる

心の圧痛は
淀まないまま
逆流し脳に直進する
不在の存在

ターフェルムジーク
あのバルコニーが焼き尽いて

2021.7.18

49　過去の所産

彼と私と想いよ同位角を刻め
そこはかとなく忘れな草よ
黄金比率にナルシスを呼称し
シオンと宇宙の占有地に

迸りの拠点を構築し
子供と大人の同心円を
目の瞠った死線の影師
運命と定命と宿命へ

涙の日に戻したい
時差と天気の歩み寄り
苦労が報われし
秘宝のわななき

夢日付が過ぎゆき
自己の影絵を写実性に持ち去る

2021.7.18

50　洗礼者聖ヨハネ

「洗礼者聖ヨハネ」ジャン・ジルや
ストラデルラは歌声に奉献唱
衝動の動向の語り部よ
部分焼尽ならざるべきの
数詞的な不可視への憧憬に
迸りの信念は情念と隣接せし
摩訶の折へ触れえん

明後日を希釈した分
赤裸な貪欲
他ならぬ責務と不可分の
まっしぐらな積年へと

苦悩や懊悩においては
半心や半熟なし

2021.7.19

51　内なる人へ

遺体置場か墓地なる湿地
二人は待ち合わせ場に
座しては立ち会う
自我の葬列に

立ちつくして魂の根源と
絶えぬ音楽性へ
セレマを憩う
日々の糧を十字架に馳せ

心の自虐と絶望の火蓋を
何故、切ったのか？
生涯の背負ったままの
私の夢の淵で

言葉のとだえぬ
二人づくしと

2021.7.18

52 吐　息

息のあるうちに生きよう
吐息は復活の轍
光の轍となって
銀幕の星辰へ

夢魔の続きは人となりを
ひきつれて
合致して合一して
年表をつづる

春は夏とじたかのようで
のべつ幕なし
心とどろかす
年うつ、日々の時報より

声の詩に
終日やまない茨の道を

2021.7.18

53 記憶の残り香

無謬性より
坂道へと
奮気を希釈されえず
策士より濃密な
名月の名残り花
瞳ぬれてか
月光冠はおりて
青銅の視覚
よもや背後神のごとし
かの君は美酒を
注ぐ月の途上に

2021.10.1

54　波　長

金属性の波長が
修飾律としての調べを
写真額の顔に思い出す
天上から乱反射

机上の乱調が
音律としての快音
邪推の真知に見逃す
春分から秋反抗

夢の途上で
音楽とたわむれ
むれに無理にむらがらず

音声への印象ひもときましょうぞ、心枯れない
木影の筆さばきで

2021.10.3

55　心ほどけぬ

目の覚え書に閉じた
夢に再登場の君となる
よく現実に擦れ違った
こともない時の経過を
待ちあぐむ

待ち人来たらず
京の清流に縁どられ
レモネード涙腺に
心をともす

歴史の上澄みよ
見識や瞳の動乱
心の内側に指を解く
苦難の矛盾率
夢想を読み解く

2021.10.2

56　私の中に幽閉論

浮上し15歳頃の詩
「青春は人生を放棄し
不満の絶頂を歩むと
幽閉」
草津温泉の硫黄に
匂い立ちかき消せ

味覚は音楽を遡求し、
憶測を頭髪の分け目とて
人の動向や意図
そして回転率をうちたて
うそぶく汚点の宙

2021.10.2

57 氷の門

あなたの前に立ちはだかった氷の門に
涙の日を移しかえ
呪縛が解かれよう
くびれた体型に
時代を表象した
白日の歪曲線さめたよ
そんな中に一人ほど純粋無垢な

天使のなげきを
激動へと運搬する
黙示録に追撃され
使役や苦心を含み
口元へと、さらに、
追放された第3の瞳孔のみが
帰り来ぬ君に
視力を贈る

2021.10.3

58 鎮魂曲

密封の中の幽閉論よ
低空飛行に空理を押す
無感慨の滅裂にこそ
習慣の落胆に降りる

死を極限に届け
反歌は生命線に射る
ハート抜かれし詩の径路
わずかな帰路

魂の道筋しおれない
台本は頭にて編み出し
詩は夕べを祈る
祈れ心、折るな情念

すさんだ心よ
音楽で浸し
神経を沈下し
水槽に圧力の思影

決して消え散らぬ
眼力をはめ込む
超然と自然の存在で

2021.10.3

59 背　徳

背徳や裏切りへの
種子論への
いつものおしろい花
怒号のつるが
受話器から花粉を吐く

終止形をはおり
夢しぶきを茶せんで
メレンゲはヤドカリ

しかたなく時をうずまく
悶絶の白き虹
七つの生命を
連弾なり連とう

押し寄せる雑踏

2021.10.4

60 誇りの影

誇りの影は光をすかして、床に地位を築く
だが仕打ちにうちひしがれた無垢の天井への
逆光線は風景の絶句を
よく把握してこそ人を開示する
百合のうてなに
千人力の口車に
ぼやけた指針に

かりそめの実体と
海と山が視界を
工作して人を捕縛して、分有した気配と気力よ

香りほのか葡萄が示す

2021.10.5

61 器楽と思念

想いうずき
時ばかりが
過ぎゆく
君の無念
我晴らしたし

2021.10.12

62　おはやし

この小さな空事に
視力を埋め
個性を自力を捨て
牙城を放棄した自身から相手に移遷
しいては人となりを滅亡させ
自己の過誤のとりこと
なりはてる
人でなしの線引きを
自信の泥沼にもて余し
あらん限りの背徳
不特定の多重なる
大音響は心には響かぬ
魂の人には戻ることもない

2021.10.12

63　まどろっこしい

詩分は取り分は魂のみ
人格は湿地帯に
置換したはなむけに
情炎よ冷却せしめ

保存庫に思想と理念に
理解のほどを
明後日に余念と余熱を弾く
勇猛にはめ込め

サンダルで視界を
徘徊させ紀行文は
説得から激烈な
あの日を振り切る

相似形の人生論に
白日の海難に対し
難癖ついた着地点に

2021.10.12

64　クロス

時に埋葬された顔や
薔薇にはらむ
優美のはしくれ
黄昏を歌わず

不実に怒号をくべ
すべからず
「マニフィカト」口ずさむ
彼の意向

人の眼球と心臓は
脳と心を分かつのか？
ショパンのように

心分割しないで
「二都物語」転調の
ほとばしうるユーロ橋

2021.10.17

65 雪より春へ

初冠雪の日に
君は不在
探し果てた
探求の申し子

希求に乗らずに
気球に所在
射中の当たりた
心求の捨て子

雪より発散した涙の日に
時は実在
その夥しき多忙に記した
邪推の入る覚えの広場
目かくしして馬車は走る

2021.10.13

66　雪木枯らし

この扉の開け具合を想い描くのに
突き従うは闇の返上
月影は瞳に
幻影は口唇に
心は鍵穴に反射
絶対印象の
後世の気付きに
警鐘をならす

外界と内奥にて
磋迭そよぐは
遮光の想いとまり

2021.10.14

67　Filigranes 透かし模様

富貴について気付きは
ブックマーカーに告白したこと
人の威圧もほどよく消尽し
重圧感も完全決心への
糸車に浮上した牙彫り

心臓の一シーンよ大理石で
最終段階では色どられ
錯覚のないわが人生をと

誰か彼岸の夕闇をいとおしむ
目前と深淵は
いつでも等間隔でなく
透かし彫りを見聞しただけに

絶句と情は不実な投影
あの透かし彫りを通過して
よぎった妄念さながら

2021.10.17

68　ベクトル

瓜二つといっても他人で
ない人となりを
為しえて疎んじられた忌憚を吸入した
儀式が擬人化して

極細に収斂した
心の内へ陽光は注ぐ
気痛む気疲れとか
人疲れは人を見て
おこりうる帰着と
気心のゆるむまま

2021.10.18

69　La Corniche

表裏は個別的にて、一対をいとおしむ
体内の迸る夢魔の Chroniques
年を成立した感応の年代記述よ
慢性の恒星でもとらえられぬ

飛来した天使の哀愁のまなざし
ニースとジェノバの絶壁路
愁嘆場より近すぎる
天井と壁を伝染するボーダー

目の動向は彼自身を紡いでいた
重音の変奏の葬送行進曲の
さらなる高みへと
魂の高揚を

深淵への決心は音声をまたぐ
ハープとクラヴサンの分け目へと

2021.10.27

70　無　い

雲海へと永久は走り抜ける
カモシカとなって
涙は良き想い出まで破損した
あの地獄舟が反乱して落ち様を見届けて
しぶきを交差させる
光の影絵は荒涼となって
波頭は混冥を注いでいた
この時刻が万象を

他を流転
自己を損壊

かざかみに桶

2021.11.5

71　無念のふりかえり

感情の撹乱をもよおさせし
騒音の問題提議
集中力を聖歌やオペラで
防御壁と積年の弊害に対し

アリアーガのアリア
あまりに甘美で
短命の紡ぐ
生命線上の儚き音色

雑音消しには高音域
コロラ・トゥーラは
絶命の絶叫
喪失感を伴う

命さながらの雄叫び
嘆息はうすい空気に求道を

2021.10.5

72　為れば鳴る

私の中に行間にたつ
魂心の内に人心にさす
陽光と空気と暖
そこはかとなく遮断
されし自他のひずみ
ひしがれし絶句よ
充たされぬ三重苦
合一するは深層のみ
葉汁よにごすこと
三重の誤診は散りし後に一つになる
至純から百の夢
響き異界の荷に後
天使が発する声
花は五里霧中で
以後夢中に熱情に

2021.11.23

73　パンセの顔

不気味な潮流が
人心の機微をくゆらす
山彦の端数に
湯煙が浮着し

音の名に託す
表裏の逆転劇
死臭はパンジー
思慕よりのパンセとし

深い淵は影が
一対の誇りを
天の穴にはめる

2021.11.25

74　罰を連打

銀幕よ人の気配の
内に秘めし
真心を
鏡面に窓の余白

月光も日も差さぬ
外に露見せし
冷心を
ポストに空の邪念

クーラントとジーグ
プロメテウスには
金縛りの夢灯

2021.11.21

75　近くて遠い音点

雑念よ集中力をそらす
雑邪よ後退せよ
推敲よ春近し
景観は黒点に響く

放心は魚絵を描く
筆はそよぐ
目頭の心拍数に
轟音の抜けがら

極限は状態に赴く
悪態は忘却に沈む

忘恩の抜糸を明示

2021.11.21

76　詩による追伸

あなたの時が止まってしまったら
私の中であなたの時が回帰する
長閑な田園風景の
内なる年表が
新たなる年輪となり
心の樹液を脳下垂体に注入し
まだ見ぬ運命論に掟をまよわぬ信念を
彫塑に描写するがごとし
忘却の湾点は暗礁に乗り
下降は途上の終楽章を
私の内なる想い出にして
再力の熱する冷却の
雷鳴とともに
夢の綾を語りあかそう

2021.11.23

77　沈　思

夜の島はさみ
海岸に砂上の
沈まぬまなざしよ
黄泉に覚え書き

感情の歪曲線
オレンジの香料
苦渋にほくそえむ

まがたま天地にて
歯牙にもかけるな
鼓動よはやまるな

一途な沈思を思い出として
残像の対句となせ

2021.11.23

78　スヴェンセンのバイオリンコンチェルト

眼球が虹をほぐすと
次頁へと向上心あれど
放恣の不断なる
労力に対する
障壁をうとむ
言葉は終夜の感情実施
ほかではない自己の形に
涙のしきつめた
紋様のカーペット
これぞ詩がしたたりし
思いの惑星
慟哭はきしんだ心より
バイオリンに似ている

2021.11.23

79 作品数

アルチュールの17
詩の誕生秘話
ゴシキヒワは
ヴィヴァルディの
フルートを示し
シジュウカラに
悩む心ひそむ
ハシゴよ急げ
天の梯<ruby>かけはし</ruby>、死に際を
思いほどく充足期へ
梯子<ruby>はしご</ruby>は地を仰ぐ
愚昧のほどけるように

2021.11.25

80　天の梯子

花は苦痛をこちらに映え

母に告げし白昼に十戒

表紙は語りつづける

八重奏の十三参りの

十六夜や十二夜

そして十二夜よいざさらば

夜は放つ

祝いよりいや夜盲で

1080年輪は「フーガの技法」に

秘曲の終末観を
ひきょく

垣間見る珈琲

リゾットに鏡餅入れよか

新レシピ私なりに

845篇の詩に詩曲

Accomplissement

2021.12.5

SeReine Junco　Kobayashi †

著者プロフィール

SeReine Junco Kobayashi （セレーヌ ジュンコ コバヤシ）

本名・小林淳子。
京都市出身。
2003年、カトリック河原町教会にて SeReine Junco の名で洗礼をうける。
2004年、日本大学文理学部哲学科卒業。
珠算1級、簿記1級、秘書検定3級、商業事務上級。
日美展レタリング入選、講談社フェーマススクールお花の絵準入選。
池坊華道免状。
実母の京手描き友禅を手伝っていた。
著書に『深層におべっかを』（カギコウ、1991年）、『至純』（サンパウロ宣教センター、2007年）、『夢響』（文芸社、2015年）、『至純』（文芸社、2016年）、『悩める天使の声』（文芸社、2017年）、『私訳 ボードレール「悪の華」より、また、ルクー「3つの詩」』（文芸社、2018年）、『熱情パーカッション』（文芸社、2019年）、『私訳 ランボーアンソロジー』（文芸社、2021年）、『詩は絵想を奏でる』（文芸社、2022年）がある。
京都市在住。

短調の春影

2023年12月12日　初版第1刷発行

著　者　SeReine Junco Kobayashi
発行者　瓜谷 綱延
発行所　株式会社文芸社
　　　　〒160-0022　東京都新宿区新宿1−10−1
　　　　　　　　電話 03-5369-3060（代表）
　　　　　　　　　　03-5369-2299（販売）

印刷所　図書印刷株式会社

ISBN978-4-286-24755-7